고비에서

고비에서

고운기 시집

청색종이

명색 시인이면서 정작 시에 게을렀는데
일곱 번째 시집을 낸다.
일곱은 분명 행운의 숫자다.
고비에서, 누구나 한 번쯤 행운을 소망한다.

마침 올해가 등단 40년이다.

고운기

고비에서

고운기 시집

Ⅳ

I

고비에서

북두칠성이 지평선 가까이 내려와 앉았다
새벽이다
말을 깨워라

초원은 양팔 벌려 휘돌아도 눈이 안 닿는 삼백육십 도

다만
발끝은 저문 몸을 맡긴 진료실
석 달 만의 정기검진 결과를 보고 의사가 말한다, "잘
버티셨어요. 이렇게 삼십 년만 버티면 되죠, 뭐."
모처럼 기분 좋게 웃는다
석 달 치 목숨을 담보 받아 나오는 길

말을 깨워라
새벽이다
지평선에 붙어 북두칠성과 함께 아득하자

고비에서

아주 잔잔한 날도
병원 뒤쪽 언덕의 숲속 바위 턱에 가만 앉아 있으면
바람이 나뭇잎 살랑이더군
겨우 알아챌 만큼 실처럼 불어오더군

내 더운 몸 식히러 우주가 움직이는 낌새

수술을 마친 주치의가 말했어. 시뮬레이션해보니 5년
뒤 생존율 65%, 순간 작은 한숨을 들었는지 다시 젊은
의사는, 수치일 뿐이지만요, 급히 말을 고쳤어. 서로 약
속한 듯 멋쩍게 미봉(彌縫). 5년 뒤, 그때 나는 65 아니면
35 어느 쪽에 들어 있을까.

남은 수명 헤아려지니
기다릴 일과 소용없는 일 가려지더군

그러라고 바람이 살랑이며 실처럼 다가오는데

나는 문득
내 눈 안에 총명하게 발을 담가 다오,
다짐하더군

고비에서

1

아파트 정원의 느티나무는 이 자리에 옮겨올 때 백 살 쯤 되었다

설어않고 뿌리 내려 스무 해
나는 마음 내려 두 손 모아 문안한다

2

동네 뒷산에는 독구리 산제당
누가 일찌감치
계단 쓸고 아침 햇살 받았나

신령님, 나한테도 계속 인사받으시려면 날 지켜줄 줄,
건방지게 안다

3

당 아래 옛 마을 청동기 쓰던 시절
불 피우는 어느 움막에 나도 슬쩍 엉덩이 들이밀어 숟
가락 올려놓아야지

그렇게 지내다 스며들고 싶은 생애

고비에서

계기판에 경고등이 들어와야 주유하는 습관은 가난한 시절의 유산

눈금이 줄 때마다 가슴 졸이고
기름을 채우면 지갑이 비던

그래도 궁핍 앞에 꺾이지 않고 노래한 날은 다시 부르지 말자

어언, 벗들은 가난을 싫어하고
가난한 노래를 싫어하고

그들의 낯선 혼잣말을 듣는 내가 있다

봄이 오면 옛 마을의 전당포에 옷 잡혀*

---

* 두보(杜甫)의 「곡강(曲江)」에 술 사려 "봄옷을 잡힌다"는 구절이 있음.

나는 매콤한 풀 뜯고 자란 양고기 소주 한 잔으로 슴
슴할 것이다

고비에서

서소문 버스 정류장까지 슬슬 걸어와
생애의 가늠자를 한 클릭 반쯤 돌려놓고
옛집으로 가는 33번 버스를 기다리기로 한다

나는 지금 보험회사 직원을 더 이상 난처하게 만들어
선 안 된다 생각하고 있다

접수 완료
더 이상 추가 서류를 보내서야 쓰겠는가

도화지 한 장만한 삶인 것이다
넓이보다
좁은 문으로 들어가길 힘쓰면 그만이다

33번 버스는 오지 않고
실은
지난 번 시장이 노선을 개편해 버렸다 한다

시절은
한 사람의 생애는 그와 같은 것이다

고비에서

하오의 빈 운동장
스탠드에 앉아 동남쪽 하늘의
구름이다
나는
해가 지는 서쪽이다

철봉에 매달려 땀 흘리던 소년은 제 시간을 다 썼다

비어 있어서 정겹던
방과후의 교정도 가슴 가득 불어온다,
바람이 아닌 것
초저녁별이 아닌 것
미술실에 그려 둔 그 여자애 초상이 아닌 것

아니 모든 것
조용히 찾아오는 어둠이 낯설지 않다

인계(引繼)

이른 아침, 이송 카트에 옮겨 태워지고
병실 간호사가 마취실 간호사에게 넘기면서
식구들한테 손 한번 흔들라했다
마취실 간호사는 수술실 간호사에게 넘겼을 것이고

잠자듯이 까무룩 했다 일어날 즈음

어느새 수술실 간호사가 마취실 간호사에게 넘겼고
볼을 두드렸나
문득 눈을 뜨니 가득히 밀려온 통증은 좀체 몸에서 나
가려 하지 않는데
마취실 간호사는 병실 간호사에게 넘기고

꼬박 한나절 걸려 돌아온 병실
아득히 받은 내 몸은 언제 다시 누구에게 넘겨질까

퇴원

나뭇잎만큼 주렁주렁 달린 주사액(注射液)
하나둘 몸속으로 들어가고
하나둘 떼어 내고

병실 침대에 나는 바퀴벌레처럼 누워 있었다

마지막 잎새까지 떨어지면 옷을 갈아입고
지용(芝溶)이 되어 카뻬 쁘란스에 나가
"꾿 이브닝!"
가볍게 인사하리라

두 발 딛고 걸어나가야 할 문도
병실 구석구석도

노을 속에 소식을 전하는 쪽지처럼 접힌 저물 무렵

병후(病後) 소식

꿈자리가 참 많이 순해졌습니다.

제 목숨의 길이를 가늠해 볼 수 있다는 것
지금이 생애의 어느 단계인지
알려주기로는 내 오랜 공부가 아니었습니다.

마취 깬 회복실에서 만난 영문 모를 통증
진통제 약 기운이 돌 때까지 견뎌낸 힘이라면
가늠된 시간만큼 무던히 살다 갈 것 같은

아주 오래전 규모 작던 시절처럼
꿈자리가 참 많이 순해졌습니다.

헛것 같은 세월

열네 살에 처음 종우를 떠봤제라. 그때는 떠본 게 재밌제라. 넘들이 와 종우 뜬 기술자다, 종우 배와부렀다 허제, 장개도 좋은 데 가고 돈도 많이 벌것다 긍게. 그래 갖고 아가씨들이 줄줄 따를지 알았제. 돈 잘 번다고 찌프차로 한나 올 줄 알았제. 그런데 전부 헛거여.

— 서원 채록, 「섬진강 가에서 종이 뜨는 김씨」에서

1

꿈에 맛있는 소주 한 잔 마셨더니
깨어서도 기분이 좋다
병들어 삼년
아직 술맛을 잊지 않았다고…?

2

꿈에 옛사람과 손잡고 걸었는데
어둠 걷히지 않은 새벽길 따라 가서

삼 년에 석삼년이 또 몇 번, 그때가 언제였는지 까마
득한 거기까지

  아심찮게 떠오른다고
  조금 그리워하며 살아간다고

동구릉(東九陵)

조선의 봄이 흘러간 건원릉 언저리
언덕 마루에서 잠시 숨 고르다

길도 말라
서걱대던 마음 끝에
찰찰이 적시는 비가 내리다

정치적인 도시의 시립병원 첨탑이 보내는 암호는
왕조의 난수표로 풀지 못 하고

여름이다

불연 나타나 따르는 녹음(綠陰)이
숨어 사는 사이
높이 흘러 구름이라 말하다

II

가장 철 든 계절

1

늦은 저물녘
삼개 건너 낡은 밥집에서 식탁을 받는 사내가
노릇한 어묵
멸치볶음을 안주 삼아 먼저
소주 한 병 비운다
가슴 열고 가득 한 잔 부어 복을 마신다

2

몸에 병을 얻자
나에게는 소주 올린 밥상 대신 한가한 시간이 찾아왔다

산책도 한가하다

동네 뒷산 길모퉁이 어쩌다 사람과 마주치면

저 또한 나처럼 병들었군, 헤아린다

3

중세의 가을
에라스무스는 경애하는 벗 볼프강 파브리우스 카피토
에게 썼다

— 황금시대가 열릴 것을 내다보며
　　다만
　　얼마 동안만이라도 젊어져 보았으면…

4

에라스무스가 기다리던 르네상스는 아니었다
나의 생애는

재미없는 일정으로 설계된 채 버리지 못한 계절

지난 날 몸속에 채운 소주만큼은 다정하다

한두 자 봄소식[*]

나는 언제나 스물일곱 살에 머문다
그대가 떠난 해

마감하며 빛나는 이의 노래를
끝내 부르지 못할
스물아홉 살 윤동주나 기형도의 마지막을, 그러나 나
는 좋아해선 안 된다

빈 밭에서 황토 일어나
겨우내 묻어 있던 보리 살아나는
그때 남도(南道)

붉고 푸른 봄이고
보낼 곳 모르는 편지를 쓰던 스물일곱 살이고

끝내
후미진 거리를 사랑하던 사람과
세상을 등진 사람과

나는 함께 돌아갈 것이다

서복(徐福)은 산소 사러 가고

청풍(淸風)에 명월(明月)은 주인도 없고 무진장이라고?
아니다,
이제 여기는 적벽(赤壁)이 아니다

산소 사러
머잖아 서복(徐福)을 보내야 한다

가는 길에 왕명 따위 잊고 남쪽 하늘로 사라질지 모르
지만

드문 별을 만나
지구는 안녕하지 못하여 돌아올 곳이 못 되니
하늘 한쪽 조금 비추며 거기 살려나?

날은 저물어
서복은 산소 사러 가고 우리만 남았다

선릉(宣陵)

세월이야 뭐든 허물어 버릴 기술을 가졌지

그런들 봄은
세월이 기술 걸기 어려운 계절

꽃 피고 잎 나면
물오른 나뭇가지도 뒤로 숨는데

어느 계비(繼妃)의 능이 햇살을 받아
무심히 누운 봄날 오후

내 그림자는 능을 타고 키 큰 소나무와 나란히 오르고

그래서 내가
왕가의 한 사람이란 말은 아니다

재개발지구 거리에서

피맛길 열차집은 공평동 제일은행 본점 뒤로 물러갔다
세월이 따라 밀려갔다

빈대떡 안주에 막걸리 넘치던 집

웬걸, 제일은행 앞에 SC가 붙은 지도 오래되었지, 거
긴 본디 교복 사던 신신백화점이었는데…
을지로2가 네거리
명동성당으로 올라가는 길목의 중앙극장에서 닥터 지
바고를 봤었나?

이제 극장 자리에 새집 들어서
주인처럼 새 추억을 나눠주고 있는데, 넌 지금 받아
가봐야 곱씹을 시간은 돌아오지 않아, 유리창 청소하는
로봇이 내게 넌짓 한다

파고다 공원 맞은 편, 간호조무사학원 들었던 빌딩 허
문 오늘부터는

수업 끝날 시간이면 입구에 서성이는 옛 청년도 사라
지겠다

우화

교육위원회는 조례를 만든다
여자와
사정이 끝나면 서둘러 지퍼를 닫는 자에게
바른 침대를 가져다주라 한다

교육청에서 보낸 교장의 검은 마스크 속 실룩이는 입
이 보인다
학생의
일체 정보는 가해자라도 공개하지 않겠다고
특수부 검사의 아들이라 한다

벌교 11

주먹 쓰는 이가 몇 달 월세로 살다가곤 했다

야윈 여자 하나가 얼굴은 곱게도 생겨
그이를 따라와 있었는데

여자는
햇볕 좋은 날 혼자
가끔 방문 열고 마당으로 ㄴ나와 아이들에게 과자를 나
눠주었다

나는 과자와 여자의 얼굴을 번갈아 쳐다보았다

야위고 고운
과자는 주먹의 전리품

주먹이 떠나고
여자가 따라 가고

설렁한 마을은 아이들 모일 일 없어져도 여러 달이 갔다

벌교 12

개펄 건너와
갈대밭에 불붙여 지른 석양이
하루를 넘겨주고
산 넘어 간다

마감에 이르러 사람도 이토록 거룩하기를…

바람은 무슨 말인가 걸려다
서둘러 벌교초등학교 운동장 쓸겠다고
남은 아이들 발자국 찾아
방죽 따라 가고

철다리 아래 포구에서는 장도(獐島) 막배가 내일 아침
해 싣고 오마 통통댄다

대숲

어떤 슬픈 사랑을 고백해 놓고
당신은 날더러 비밀을 지켜 달라 했지요
드러내지 못할 연인
사랑은 기구하게 당신을 잡았네요

밤거리의 그림자가 외등 밑 골목에 홀로 남았는데
고백이나 듣자고
비밀이나 지키자고 나는 당신을 만나는군요

사랑은 어디 가서 맹세하고
나더러 대나무나 되라 하는가요
바람 불어도
흔들리지 않는 대숲이나 이루라 하는가요

세화(細花)

이른 새벽
눈길 걸어 동구(洞口)를 벗어난 자의 정체는
누구나 알았다
발길이 어디로 가서 멈췄는지
모를 뿐

거칠게 끌린 발자국을 보아라
서둘러 잰걸음이
닮아서
식솔(食率)의 어느 얼굴을 지우려 힘겨웠는지

얼굴 같은 가는 꽃잎

위미(爲美)

산록(山麓)은 서귀(西歸)하는 어느 거인의 등허리같이 혼
자였다

서둘러 바다에 이르자니 한번 돌아볼 틈도 없었던 것
이다
그리움만 삼키고 흘러갔던 것이다

큰 산이 있다고만 이뤄지지 않아, 강은
저가 흘러갈 긴 들이 놓여야 해
보이지 않게 낮고 오래 깔려 누워 있는 바닥이 받아주
어서, 끝내
머나먼 강이 되지

바다에 들어 산록은 길게 깔린 옛 그림자를 떠올리고
있었다

천수만 새떼의 일

　대학로 담쟁이넝쿨이 예뻤던 월간 '샘터' 편집실에 어
느 날 원고 가지고 갔을 때

　정채봉, 김형영 선생이 저 깊은 자리에 앉아 '고운기
씨, 왔어요?' 말을 걸고, 박몽구 형은 원곤지 교정진지
들고 바쁘게 돌아다녀쌓고, 정찬주 형이 이제 막 편집실
에 들어왔다며 담당자를 소개하는데 보니까 강*이었다.
졸업할 무렵 시로 등단하였고 소설로는 아직, 강이는 그
큰 눈을 껌벅거리며 졸업 전 구면인 내게 아는 척 인사
한다.

　나는 시간강사 보따리 장사에

　간간이 잡문 써서 원고료 받아 용돈 쓰던 때

　벌써 서른 넘은 막연한 생애를 알량한 시 몇 줄에 맡
겨야 하나 망설이던 때

　"천수만 새떼 보러 가려고요."

　편집실 창밖 담쟁이 넝쿨이 누렇게 변하고 찬바람에

---

* 소설가 한강은 내가 연세대 국문학과 시간강사일 때 학부 재학생
　이었다.

흩날리는데
   강이는 여전 큰 눈 껌벅이며
   벌써 새떼가 되어 나는 듯 말하는 것이었다

   그때 나 만사 제치고 강이 따라나섰어야 했나

Ⅲ

뒷산 숲에 들어

견적 내는 저 현장감독 솜씨 좀 봐!

겨울 지나 그의 일이 시작된 숲
발주(發注)한, 물오른 나뭇가지마다 나눠준
잎 하나 어디 남는 거 본 적 있어?

저와 함께 온 인부는 가지런히 잎을 정렬하고

감독은 슬그머니 언제 가셨나, 정녕한 숲만
남기고 올해도 맞춤하다

다시 뒷산 숲에 들어

작은 산에 봉우리는 두 개
동네가 내려다보여 자못 진지하게 전망하듯 눈썹 위
로 손을 얹는 것이다

태풍이 지나간 아침
남김없이 비를 뿌렸고 산길 나뭇잎 흩어졌고
나는 낮은 봉우리 젖은 나무 의자에 앉아
간밤 일행을 따라가지 않고 남은 실바람과 만나는 것
이다

한눈팔았을까,
그런 바람은 더 살갑게 땀을 식히는 것이다

떠나간 태풍은 바다를 따라가다
북쪽 함흥 어디서 다시 뭍으로 올라가 사라졌는데

여기 남은 실바람은 어쩌자고
한눈팔며
나를 기다린 듯 봉우리에서 살며시 노는 것이다

뉘엿뉘엿 강물이 뭘

낯선 마을의 어디쯤
들판을 끼고 뉘엿뉘엿 누워 있는 강물

저 물이 좌에서 우로 흐르는지
우에서 좌로 흐르는지
아니면 흐르다 말고 멈춰 있는지

나는 강가로 가까이 나가 짐짓 발을 담가 보는 것이다

강물은 분명 내 발목의 잔털을 간질이며
뭐하냐는 듯 홀기며 제 길을 가고
그것은 좌도 우도 아닌

아주 작은 기울기로 누운 바닥
위에서 아래로 짐짓 의젓이 흘러가는

가물가물 안개가 뭘

안개 내린 아침
옛 포구 쪽에서 오랜 냄새가 건너온다

잃어버린 바다는 사방으로 흩어지고

저물 무렵
가로등을 켜자 낮에 숨어 있던
숲속으로 길이 밝혔다

간척지에서 나온 경운기 한 대가
아주 많은 일을 했다는 듯이
가물게 숲길 따라 오른다

아침 안개는 짐칸 어디쯤에서 말랐고

김이 서리는 부엌 창문
행주치마를 푸는 손목이 가볍다

시작은 꽃

강릉 길 수로부인이
아니 부끄러워하며 받던

치히로가 아버지의 옛 마을로 갈 때
가슴에 살짝 품고 있던

시작은 꽃이다

그렇게 떠나는 길에 꽃이다
어떤 어려움이 반드시 닥칠 것이니
그럼
용궁에 잡혀가더라도, 귀신의 여관 아궁이에 불을 때
더라도
두려움 없이 던져다오
네가 받은 꽃
지지 않고 살아날 꽃

시작하러 떠나는 길
우리는 무리로부터 떨어지는 법이다.

실경(失景)

바람 세오
눈발이 흩날리자 새떼도 대오(隊伍)를 잃고
나는 그런 새떼에게로 망명*하지 못하오
시인이여,
대오는 사라지고
눈을 비비는 동안
날아간 자리마다 그리운 표적이
다른 하늘로 솟구치오

노을 아래 빈 들에서 콩콩
어느 녘 방아인가 뉘 없는 소리

---

* 장석남의 시에서.

추운 꿈

뜬금없이 나타난 너를 보고 어리둥절하다
눈을 뜨니 이불을 덮지 않고 있다
몸이 춥다
그래서 꿈마저 추웠을까

맞장구치다 가볍게 몸을 털고
구름 한 쪽이 흘러간 저쪽은 어디쯤인지

하루의 몫은 누구나 한결같아
저무는 해가 섬을 걱정하지 않듯
물방개 노는 여
꼭 거기 들일만 한 오막 한 채면 된다

약속하던 날보다 약속한 날이 더 가까운
그래서 설레다가 고개 젓는.

마을에서 나가는 길은 침묵

고속도로가 새로 나
마을에 드나드는 진입로도 생겼다
아직 낯선 동안
길은 침묵이다

고개가 나눠준 마을 사라지고
이제 우리는 다시 익혀야 할 지도 위에 있다

겨울 초입에 눈이 내린다
눈은 무덤 자리를 덮고
무덤으로 올라가는 등성이의
마른 풀을 덮고

침묵은 오래가지 않을 것이다
새벽을 차지하려 밤과 낮이 싸워도

길 위의 길

새길은 하늘로 날 듯 간다
산중 깊은 골 터널조차 쉬 뚫는다

내려다보이는 옛길은 하릴없이 햇볕을 쬐고 있다

마른 차선만 버짐처럼 남은 저 길이 뜨거웠던 적 기억
하라
땀을 받고
큰 숨을 받고
세상을 만드는 데 도왔다

옛길은 새길에게 자리를 내주고 두렵지 않다
두렵다면 길이 아니다

나의 밭

호롱불 켜던 마을에
전기는 들어왔는데 사람은 나가고

아침 숭어 뛰어오르는 냇가 풀숲을 걸어 정강이가 젖
는다

돌아온 마을의 지난밤 꿈에
군대 간다
나는 신검(身檢) 받으러 온 장정인데
선뜻 아버지가 나오고 어머니도 아직 젊고
그 애는 시집가기 전이라 하고

— 그럴 수만 있다면 꿈이 아니라도 얼마든 다시 군대
가겠다

나의 밭은
흰머리 섞인 묵정 같아
아버지도 어머니도 잠시 계시다 사라지고

나의 밭은
종아리 휜 따비 같아
소문뿐인 그 애는 얼굴조차 안 내밀고

전깃불 든 마당에서
불현듯 나는 혼자인 채 서 있는 것이었다

가을비가 불러

아이에게선 예쁜 냄새가 흐른다
보도(步道)의 붉은색이 비에 젖고

내 몸으로부터 마음이 빠져나가
노란 낙엽이 뉘이고

예쁜 냄새의 어디선가 내 마음을 찾는다
어떻게 젖어들어 누워 있나
상처는 당연해도 접시 위에 칼과 빵이 놓였다

붉은 보도처럼
노란 낙엽처럼

예쁜 냄새가 흘러, 아이야
나는 몸이 가볍다

종시(終始)

일찌감치 배추를 뽑고
더는 밭에 나가지 않기로 했다

알량한 텃밭이다

그래도 봄이면 쌈채 모종을 심거나 씨를 뿌리면서
무슨 우주 같은 농사꾼인양 했다

그리고 가을이 왔다

쌈채 농사 끝나고 배추를 심어 구십일도 되기 전
벌레한테 모두 먹히기 전
일찌감치 뽑아
내 입에도 한 잎 집어넣는 일요일 오후

가을처럼 하느님이 왔다

IV

베토벤

— 새들의 노래를 듣기 위하여 베토벤에게 남아 있던 유일한 방법은 자기 자신 속에서 새들을 노래시키는 것이다.(로맹 롤랑)

다시 바람소리
다시 새가 울고
전원은 안녕하다

겨울 갈대숲으로 가자, 아름다운 이여, 우리도 다시 손을 잡고
옛 벤치에 앉아 입을 맞추자

니의 고향은 그대의 가슴*
백양 잎 묻은 향이 섞여 아득하다

다시 전원은 안녕하고
마른 몸끼리 비비는, 나는 갈대숲에 비낀 소리 같은
가는 햇빛이다

---

* 일본 가수 모리 마사코(森昌子)의 〈눈물의 잔교(なみだの桟橋)〉의 한 구절.

사리포

우리는 지는 해가 노을을 만들고
단골처럼 밀려온 물이 조금씩 해안으로 파고들자 손
잡았고
묵은 갈대가 몇 겹의 소리를 내는 해변의 나무 그늘이
라 입 맞추었네

시절이여,
가을 햇볕에 봄꽃이 핀다
한두 송이 겨우 붉은 빛 따라와 따순 바람에 붙들렸다
더라

다시 오지 않을 노래야 찾아 나서지 않을 테다
그대의 빈집에 소식 전하지 않을 테다

닻을 내린 낡은 배가
쉬어가자 마음 맞은 저녁의 등불을 내거는
여기는 옛 포구

어떤 비선(祕線)

어떤 블랙리스트에도 들지 않은
나는 완벽한 비선
저 교차하며 작성된 많은 리스트 어디에도 걸리지 않
았다

그러나 고정간첩이 제 나라 정보부에게 잊히듯이

나의 정보부로부터 연락이 없다
나는 숨었는가 잊혔는가
바라건대, 누가 내게도 명령을 내려다오

어떤 유니폼

동네야구 우리 팀 장비함에는 유니폼 한 벌이 있다
리그 사무국에도 엄연히 이름과 등번호를 등록했다

이 유니폼만의 선수

어떤 그는 우람한 체구를 이 선수에게 겨우 끼워 넣는
다, 때로
어떤 그는 좁은 어깨에 등번호를 이 선수에게 겨우 걸
친다, 때로
우람한 장타를 날리고 휘파람을 분다, 때로
아주 헐렁한 차림으로 삼진 아웃을 당한다, 때로

이 선수는 경기가 끝나면 곱게 접혀 팀 장비함으로 돌
아간다

또 어느 경기에서 귀신처럼 나타날 것이다
이 선수는 기꺼이 그를 위해 자기가 될 것이다

월요일 밤의 야구

월요일 밤엔 프로야구 경기가 없지
나는 애인 만나러 간다네

애인은 월요일 밤의 야구

돌아보면 많았던 월요일
손수건마다 이름 하나씩 새겨 서랍에 나란히 개켜두고
손수건마다 한 장 한 장 한숨 쉬며
불러낸다네

진 경기의 감독이 엉망인 타순을 돌아보듯…

월요일 밤엔 프로야구 경기가 없어도 좋지
나는 애인 만나러 간다네

모성(母性)의 1루수

그는 우리 팀의 1루수이다. 내야 땅볼을 요행히 걷어 올린 팀의 수비수가 그에게 송구할 때, 누구나처럼 그 또한 그림 같은 직선을 상상하지 않는다. 우리 동네에서 그것은 사치이다.

아니, 사실대로 말하면 이렇다. 그는 우리 팀 선수를 적군으로 여기고 수비에 임한다. "네가 절대 잡지 못하 도록 던져 주마!" 다들 이런 생각을 가지고 1루로 송구 하는 것 같기 때문이다. 그가 1루 베이스 앞에 서서 잔 뜩 긴장하는 모습은 마치 승부차기를 기다리는 골키퍼 나 마찬가지이다.

마음이 어떻든 몸은 자기 자신일 뿐인 동료를 그는 이 해한다. 어쨌건 그들의 송구는 매우 창조적이다. 그에 부응하느라 종종거리거나 팔짝 뛰어오르거나 다리를 찢 거나…, 그는 공이 그의 글러브 안에 들어오도록 온몸을 휘젓는다. 들어올 때도 그러지 않을 때도 있지만, 끝내 들어오길 바라며 깊이 참아 나간다.

어느 날부터 우리 팀 선수는 그를 '모성의 1루수'라 부른다.

게다가 행동거지는 매우 선비다워
타자로 서면 속임수를 싫어하기에 변화구 따위 치지 않고
주자로 나가면 도루 따위 생각하지 않는다.

그러나 상대편이 2루로 뛰면 굳이 잡지 않아서
모두들 그가 지닌 모성의 넓이는 우주와 같다 칭송이 자자하다.

| 메모

시골에서 다니던 초등학교 근처에는 미군 부대가 있었다. 어느 날 그들이 와서 학교 운동장에 야구장을 만들어주었다. 매년 장비까지 대주어 드디어 학교 야구부가 생겼다. 6학년은 새 장비를 쓰는 1군

이고, 5학년은 지난해 장비를 물려 쓰는 2군이었다. 물론 대체적으로 5학년의 2군이 다음 해 1군으로 승격하는 식이었다. 1군이 되면 유니폼까지 나왔다. 가슴에 '벌교남교'라 새겨진 유니폼을 입고 새 글러브 새 배트를 쓰는 1군은 선망의 대상이었다. 오매불망 1군이 되는 날만 기다리던 나는 전학을 가야 했다. 아무것도 아쉽고 그리울 것 없지만, 1군 유니폼을 입어보지 못한 것이 지금까지 한스럽다. 시인 여럿이 만든 동네 야구단 '사무사(思無邪)'의 유니폼을 입고 운동장에 나설 때면, 나는 시골 초등학교 벌교남교 야구부의 1군이 된 듯 가슴이 뛴다.

한숨

아버지 어머니 장례 치를 때는
밤새 문득 문득
내 어린 시절이 떠올랐다

나를 키운 숨소리와 젖과 매와
그들이 끝내 감추던 한숨과

장인 장모 장례 치를 때는
밤새 문득 문득
내 아이의 어린 시절이 떠올랐다

외손을 키운 힘겨운 팔뚝과 멀리 있는
애 아비를 염려하던 한숨과

생활사

기념품으로 받은 타월

우리 집 목욕탕에는 타월에 새긴 우리 집의 역사가 흐르고 있다

가을체육대회기념 1989. 10. 22 한국통신동대문전화국

연세대학교공학대학원 최고위총동우회 1995. 10. 10 회장 이○○(증)

10월 경로의 달 기념식 및 어르신 위안잔치 2000. 10. 6 서울특별시 중구

(축) 제10회 안산시 전국 여성백일장 우리종합건설(주) 대표이사 이○○ 증 2011. 9. 21

결혼기념 신랑 김○○ 신부 송○○ 2011. 10. 16

2013年定期總會紀念 2013. 12. 11 漢陽大學校在職教授同門會

2013 '흰지팡이날' 기념 KT와 시각장애인이 함께 하는 '행복한 동행'

연세대학교 국제캠퍼스 1-2B단계 봉헌식 2014년 4월 3일

한국과학기술대학교 문예창작학과 창설20주년기념 (증)

도서출판 북스힐
한양대학교ERICA캠퍼스 개교40주년 학술정보관 2019. 5

기념해 준 기념 받은 작은 사건의 연속
거기에도 나의 자립과 누군가의 원조가 섞였다

우전(雨田)[*] 선생 가시는 길에

시경(詩經) 강의 노트 다시 꺼내 놓고
짚어주시던 그 길
한참을 찾았습니다

왕조의 녹이 완연한
사간동 그 골목 언저리
늦은 밤 모시고 들어설 때마다
외등 한 짝
가물거리던 밤

시절은 그렇게 어두워
선생님 저는
너무 멀리 떠나와 돌아갈 길조차
잃었습니다

---

* 우전(雨田) 신호열(辛鎬烈, 1914~1993) : 시서금기(詩書琴棋)에 당대 최
고였던 한학자.

바람결에 전해 주신 다사로운 정
메마른 밭에 물을 대고
무성히 자라기 바란 마음
어이 잊으리

학 날아 푸른 숲
푸르른 소리여

무연히 떨군 고개 들어
날아간 자취 좇아가다
감출 길 없는 눈물 기어이 보입니다

기록

중종반정 공신으로 강원 관찰사 꿰찬 사람이 관내 신흥사 승려한테 말 한번 빌려준 빌미로 파직, 그래도 반정공신이라 몇 년 뒤 겨우 경주부윤 자리 다시 얻었는데, 창고를 점고하다 헐어빠진 『삼국유사』 판목(板木)을 보고, '다시 간행하지 않는다면 앞으로 실전(失傳)되어 동방의 지난 일을 후학이 들어서 알 수 없는 지경에 이를터'라 걱정하며 출판했더란다. 이 책이 지금 완질(完帙)로 혼자 남은 『삼국유사』 임신본(壬申本).

말 한번 잘못 빌려줬다 파직 당하더니, 겁도 없기는, 이번엔 승려가 쓴 책을 내서 또 무슨 변고를 당하려고 했나, 천고(千古)의 『삼국유사』가 오늘 우리 손에 들린 경위가 아찔하다.

— 출판은 인류 문화 발전의 기간이며, 문화 내용에 대한 확산 행위의 중심적 방법이다.

변고 속에도 책을 내겠다는 후손은 의연하여 이 땅의

출판하는 사람이 구름 같으니, 다시 천고의 뒤에 『삼국유사』 같은 명저를 만들어 남겨줄, 형형하게 빛나는 출판인의 눈빛을 기록하여 감개하다.

자의반 타의반

돌래 살다 보면 자의반(自意半) 타의반(他意半)

전국 1961년생 소띠는 다들
날마다 일간지
오늘의 운세대로 살아갈까

......

- 뱀띠와 관계를 주의
- 세월은 사람을 기다려주지 않는다
- 여자의 눈물이나 남자의 말에 주의
- 한날한시에 난 손가락도 길고 짧다
- 귀인이 와서 도우니 소원성취

......

버리고 간 한숨이 쌓이는 지하철역 입구
바람이 슬몃 핥으며 간다

돌래 살다 보면 자의반 타의반

산문

1980년
전후

정희성 시인은 나의 고등학교 은사이다. 1978년 가을이었다. 군부독재의 단말마(斷末魔)가 가까이 들리던 무렵, 나는 고등학교 2학년 학생이었다. 국어 시간이면, 작은 키에 단아한 모습, 눈빛이 맑은 한 분을 나는 기다렸다. 정희성 시인이었다.

그분은 좀체 시국을 바로 입에 올리지는 않았다.

> 흐르는 것이 물 뿐이랴
>
> 우리가 저와 같아서
>
> 강변에 나가 삽을 씻으며
>
> 거기 슬픔도 퍼다 버린다.
>
>   — 정희성, 「저문 강에 삽을 씻고」 중에서

어느 날, 3학년의 한 선배가 막 출간된 문학잡지에 실

린 시를 보여주었다. 「저문 강에 삽을 씻고」였다. 처음 넉 줄을 읽었을 때 '물'과 '삽'과 '슬픔'이라는 세 단어가 주는 울림에 떨었던 기억이, 40년도 넘은 오늘까지 선연하다.

이 시보다 먼저 정희성 시인은 "흐를 수 없는 것은 우리뿐 아니라/ 저문 강 언덕에 떠도는 혼이여"(「유전(流轉)」에서)라고 노래한 적이 있었다. 몇 년의 정치적 신난(辛難)을 겪으며, 그에게 저문 강 흐르는 물은 어느새 자기화(自己化)되어 있었다.

이런 시인 밑에서 나는 차분히 문학으로 나갈 내 인생을 그려보곤 했다.

*

대학 입학, 광주항쟁, 죽음….

나에게 1980년 봄은 그렇게 다가온다. 대학에 입학하고, 광주항쟁의 소용돌이 속에서, 한 사람이 죽었다. 물론 이 세 가지는 전혀 관련이 없다. 그러나 이것이 내 일생의 길을 정하는 데 결정적인 계기를 심어주었다는 점에서 엮인다.

지난봄에 죽은 매형은

고동색 오바 코트 하나 나에게

남겨줬다

그가 죽을 때 필요찮던 물건이었으며

산 사람도 마찬가지라 생각한 것처럼

살아 있는 날의 추위만이

오바 코트를 입게 할 것이라고

귀를 스치는 바람이

죽어 가던 그분의

거친 숨소리 같다.

— 「입동」 전문

    죽은 이는 나의 매형이다. 아직 서른 중반의 젊은 나이였는데, 내가 대학에 입학할 무렵 병석에 누웠다. 5월 초순, 대학병원에서 그가 숨을 거두던 날 밤, 가까운 듯 먼 듯 최루탄 터지는 소리가 끊이지 않았다. 더 암담한 광주의 소식을 들은 것은 그로부터 두어 주 뒤였다.

    나는 현장으로 나갈 수 없었다. 투쟁의 전선에 서기에는 뒷덜미를 잡는 식구가 너무 많았다.

    젊은 누이는 어린 자식들 때문에 울 틈도 없었다. 죽은 이의 유품을 정리하고, 단 하나, 단지 아깝다는 이유

하나로 오버코트만 남겨 두었다.

그해 겨울이 왔다. 마땅한 옷이 없던 나는 매형의 남겨진 오버코트를 꺼내 입었다. 주변에서는 무척 고급스러운 내 코트에 선망의 눈길을 보냈다. 코트에 묻은 개인사의 눈물 자국은 보이지 않은 것이다. 그래서 썼던 시가 「입동」이다. 내가 얻어 입은 첫 오버코트에 내가 얻어 쓴 첫 시였다.

대학에서는 이승훈 교수로부터 시를 배웠다. 당신의 스승인 목월(木月)이 세상을 떠나고 후임으로 온 첫해였다. 「입동」을 교지 현상공모에서 뽑아주었다. 그 뒤로도 내 시의 방향을 잡아줄 때마다 이 시를 언급했다. "내가 그를 사랑하는 것은 대학 시절 그가 쓴 시가 '형님의 낡은 오바'였기 때문이고⋯." 나의 세 번째 시집 『나는 이 거리의 문법을 모른다』의 표4에 써 주신 글의 한 대목이다. 형님이 아니라 실은 매형이지만.

대학에 입학한 지 30년, 그러니까 「입동」을 쓴 지 30년 만에 나 또한 모교의 한 귀퉁이로 돌아왔다. 영문과의 선배 교수 한 분이 점심을 같이 하잔다. 알고 보니 같은 해 교지 현상공모의 소설 당선자였다. 「입동」을 기억하고 있었다. 쑥스러웠다.

*

　대학 3학년 때였다. 1982년 그해 봄, 나는 두 권의 기독교 서적에 푹 빠져 있었다. 하나는 남미의 해방신학자 앨버트 노울런의 『그리스도교 이전의 예수』, 다른 하나는 일본의 개신교 신학자 다가와 겐조의 『예수라는 사나이』. 두 권 모두 신화화하기 이전의 예수 곧 인간으로서 그의 실체적 면모에 다가가려는 내용이었다. 나는 그들의 해박한 지식에도 놀랐지만, 무엇보다 한 인물 한 시대를 바라보는 참신한 시각에 매료되었다. 종교로 치장되기 이전, 역사 속에서 박제화되기 이전 예수의 삶을 진솔하게 알려주었고, 나는 진정 그런 예수가 위대해 보였다.

　목수의 아들로 태어난 예수는 목수의 길을 가야 했다. 그때의 목수는 낮은 신분 계층으로, 비슷한 일을 하는 사람들과 한 마을을 이루어 살고 있었다. 두 권의 책에서는 그런 예수의 집안과 주변 상황이 실감 나게 그려졌다. 내가 「예수가 우리 마을을 떠나던 날」이라는 시를 착안한 것은 그때였다. 목수가 사는 하층민의 마을이라면 거기에 대장장이 집안도 있었을 것이다. 대장장이의 아들은 대장장이의 길을 가야 했다. 목수의 아들도 그래야 했는데, 그는 자신의 울타리를 뚫고 나갔다. 나는 목수의 이웃 친구인 대장장이의 눈으로, 옛 친구였으며 지금은 세상을 구원한다고 나선 예수를 바라보게 하였다.

> 허기사 봄도 오면 무엇하리
> 나귀 새끼 한 마리에 몸을 싣고
> 그대는 가서 서울 사람들에게 미움을 받고
> 그리운 고향 봄이 피어오른 산천 뒤로 두고
> 진달래꽃 같은 붉은 피 흘린다니
>
> 나는 아직 도성 밖 대장간에 앉아
> 불에 담근 쇠를 꺼내 망치질하면서도
> 이 못이 장차 그대의 손을 뚫고 발을 뚫고
> 이 만드는 창으로 그대의 가슴을 찌르게 될지
> 알 수 없다네
> 알 수 없다네.
>
> ―「예수가 우리 마을을 떠나던 날」 중에서

이것은 아마도 당대 정치상황이 내게 준 상상력의 하나였을 것이다. 로마의 식민지였던 유대 땅에서 선각자 예수가 걸어간 길이 우리나라에서도 대망(待望)의 하나로 떠올라 있었다. 시의 앞부분에 '로마의 군인이나 제사장이나 세리가 되어'라는 구절이 있는데, 거기서 굳이 '로마'를 다른 말로 바꾸면, 내가 사는 이 땅의 정치적 상황으로 고스란히 치환되었다.

그렇다면 이 정치적 상황에서 나는 누구인가? 예수를 죽이자는 음모에 가담한 쪽은 아니지만 과연 그의 죽음과 무관한가? 예수를 죽인 창과 못이 나의 대장간에서 나간 것이라면 나는 그 죽음에서 자유롭지 못하다. 전선에 나서지 못한 비겁이 아니라 죄 짓지 않고 산다는 소시민적 자족이 문제다. 스물두 살의 불행한 반성이었다.

겨울이 오고, 「밀물 드는 가을 저녁 무렵」과 함께 낸 이 시가 선자(選者)의 눈에 들었다. 1983년 동아일보 신춘문예 심사위원인 김규동·김우창 선생 두 분이다.

맙소사

2008년 올 한 해 볕이 얼마나 좋았는지 과일 영그는 게 예년과 다르다고 들었다. 농촌에서는 그것도 시름이라, 풍년 덕에 과일값이 똥값 된다고 걱정이 태산이다.

농촌의 과수원만이 아니다. 연구실로 들어오는 교정 숲 속에서 들리는 도토리 떨어지는 소리도 예년 같지 않다. 임시로 만든 산막의 양철지붕에 떨어져 툭 하는 소리가 마치 누군가 일부러 힘껏 던져서 맞추는 것 같다. 그렇게 야무지다.

문득 7년 만에 낸 시집이 올가을 도토리만큼이나 야물게 여문지 돌이켜보게 된다.

"나의 한 시절이 아름답고 안타까웠음을 말하리라."

시집을 받아 들고 보관본의 첫 책에 나는 그렇게 써넣었다. 나에게 시는 언제나 아름답고 안타까운 시절에 대한 증언이며 기록이었다. 그래서 이번 시집에서 애착이

가기로는 「반쯤」이다.

　　토요일의 햇살은 반쯤 누워오는 것 같다
　　반공일처럼
　　반쯤 놀다 오는 것 같다
　　종달새한테도 반쯤 울어라 헤살 부리는 것 같다

　　반쯤 오다 머문 데
　　나는 거기부터 햇살을 지고 나르자

　　반쯤은 내가 채우러 갈 토요일 오후의 외출.

　지난 한 해, 그러니까 2007년 4월부터 2008년 3월까지 노교의 네이지(明治) 대학에 객원교수로 다녀왔다. 연구실로 배정받은 연구동 507호의 전화번호 뒷자리가 2007이었다. 핸드폰도 쓰지 않고 오로지 그 전화 하나로 바깥세상과 통교(通交)하면서, 한 해 동안 마치 유배의 심정으로 살았다. 수업 시간에 만나는 일본 학생들은 하나같이 친절했으나, 1년을 기한으로 왔다 가는 제한된 상황이라는 생각이 나를 먼저 옥죄었다. 더욱이 주중에는 일본어로 해야 하는 수업 준비 부담 때문에 연구실 밖을 나가기가 쉽지 않았다.

겨우 토요일이 되어서야, 연구동에는 사람 하나 얼씬거리지 않고, 햇볕이 방안 깊숙이 비추다가 점점 꼬리를 빼가는 정오를 지나면, 나는 카메라를 들고 도쿄 이곳저곳을 찾아 나섰다. 잠시 해방된 듯한, 가장 행복한 시간이었다.

앞에 소개한 「반쯤」은 그런 어느 토요일에 썼다.

반쯤만 풀어져 헤헤거릴 수 있는 시간, 지금 여기서 하는 일 말고, 어딘가에 반쯤 더 채울 수 있는 곳이 있을 것 같은 막연한 기대감, 사실은 우리 사는 생애도 꽉 짜인 일상에 코를 박지만, 정말이지 어느 날 하루 정도는 반쯤 풀어져 의도 없는 발걸음이 허락될 것 같은 작은 소망으로 이루어진 나날 아닌가.

그 소망과 기대 속에서 나는 시를 만난다.

시집을 내고 두 선배의 뼈아픈 충고를 받았다. "이 사람, 시에 좀 더 전념했으면 참 잘 썼을 거예요…." 평론가 H 선배의 말. 시집을 내고 지인 몇이 함께 자리한 데서 그가 옆 사람과 나누는 말을 나는 얼핏 들었다. 사실 나 들으라고 하는 소리였으리라. "터질 듯한 목소리 언제 한번 내 볼 테야…." 시인 K 선배의 말. 어느 문학상 심사위원으로 참여했다가 본심에 오른 내 시집을 보았다고 알려 주면서 덧붙였다. 물론 나는 수상자가 되지 못하였다.

그래서였을까, 반쯤만 쓰는 것으로 족하다 싶다가도, 그래서는 안 되겠다는 생각이 꼬리를 물고 이어온다.

시에 생애를 바치겠다는 다부진 결심을 해 본 적이 없는, 문학이라는 나무에 목을 매도 좋다는 어느 작가의 말에 '웬 그런 오버를' 치부하고 만 한가로운 내게, 이제야 조금 철이 든다면, 세상이 시인이라 이름을 허락해 준 이상 이름값 좀 하자고, 시인으로서 치열한 생애가 지금부터라도 시작하지 않으면 안 될 것 같은 갸륵한 깨달음이 온다는 것이다.

앞서 '문득'이라는 말을 했다.

나는 '문득'이라는 말을 좋아하고, '문득 쓰는 시'를 내 나름의 시론으로 여긴다. 그러나 '문득'은 '반쯤'이나 마찬가지 시인으로서 분명 소극적인 시 쓰기 방법이다.

남송(南宋) 때의 시인 육방옹(陸放翁)은, "내가 17, 8세 때부터 시를 배워서 지금 60년에 이르기까지 만 편의 시를 얻었다."라고 하였다. 그래서 그의 별명이 '시만수(詩萬首)'이다. 만수는 안 될지언정 천수(千首)라도 써야 할 텐데, 문득 쓰는 시론으로 가당키나 할까 싶어, 나는 요즈음 고민 아닌 고민을 하는 중이다.

맙소사, 내가 진짜 시인이 되는 것일까!

사랑과
사랑니 사이

2017년에 낸 시집 『어쩌다 침착하게 예쁜 한국어』에 실은 「그 여학생」은 이런 서사(序詞)를 달고 시작한다.

후회스러운 어느 지점으로 돌아가 거기 못다 한 어떤 몸짓 하나라도 풀어보고 싶을 때가 있다. 예를 들면 마음만 졸인 사랑 같은 것, 생각이 행동 뒤에서 자꾸 꾸물거리기만 했던 것…. 그러면 나는 거기서부터 전혀 다른 인생을 살아냈을까?

'못다 한 어떤 몸짓 하나'란 프로스트의 '가지 않은 길'과는 조금 다르다. 가지 않았던 다른 길을 가보고 싶다는 말이 아니라, 갔으되 자신 없었던 내 소심함에 대한 후회이다.

나는 대체로 무슨 일에건 자신감보다 주저(躊躇)가 빨

랐다. 가만 돌이켜보니 꽤 괜찮은 스펙을 쌓아놓고도 그것이 내게 상당한 무기라는 사실을 몰랐다. 좋게 말하면 겸손이지만, 실은 손에 든 떡의 값어치를 몰랐다는 무지와 무감이다.

기적이라도 일어나 다시 그 시절로 돌아갈 수 있을까, 그래서 잽싸게 자세를 바꿔 자신 있게 살 수 있을까?

*

아픈 이를 참다 못해 찾아간 치과에서 나는 똑같은 생각을 했다. 「그 여학생」에 쓴 대로 의사는, "짝사랑했던 여학생/ 치대에 다니던 여학생/ 수석 졸업했다던 여학생/ 지금은 내가 사는 가까운 동네에 개업해 있는 여학생"이다.

짝사랑이라 썼지만 그마저 이제 와 부리는 호기이지, 내 고질적인 주저의 기억 속에 있을 뿐인 사람이다. 친한 후배가 그 여학생의 치대 동기생이었는데, 가끔 학교 앞 주점에서 동석하는 정도였다. 늘 수석인 그 여학생과 달리 내 후배는 방학마다 늘 재시(再試)를 치러 스스로 꼴찌라 불렀다. 재시가 끝날 즈음 방학도 끝났다. 일등이라고 고민이 없을까, 아이러니하게도 주점 한 귀퉁이에서 늘 꼴찌는 일등의 인생 상담사였다. 눈물겨운 이 장면 속에 나는 그림자처럼 앉아 있었다. 짝사랑이라도 해볼까 주저하면서.

서울올림픽이 열린 겨울이었으니, 그해 졸업하고 못 만난 지 30여 년이 흐른 즈음이었다. 생애도 겨울을 맞을 나이, 나의 이는 수명을 다해가고, 남은 것은 통증밖에 없는데, 그 여학생이 내가 사는 가까운 동네에 개업해 있다는 소식을 들었다. 반가운 만큼 '정말 썩은 이만큼 보여주고 싶지' 않았다. 그것은 이의 통증을 넘어서는 수치스런 고통이다. 그러나 치통의 극에 달해 본 사람은 알리라. 육신의 통증이 정신의 불굴을 끝내 이기고야 만다는 사실을.

"사박사박 눈발 날리는 네거리 지나/ 그해 겨울처럼/ 품속의 편지는 어느새 내 가슴 속 어디론가 사라지고 마는데/ 밤새 치통에 시달리다 찾아가는/ 짝사랑했던 여학생"은 담담한 표정이었다.

*

1989년의 졸업식 날도 눈발이 흩날렸던가? 졸업 축하하는 편지를 써놓고 전하지 못했던 기억은 아스라하다.

이제 썩은 이 밖에 보여줄 게 없는

돌이켜 자꾸만 헝클어지는 시간 속의 나를 뉘어 놓고

아주 맑은 손끝으로

사랑 대신 내 삭은 사랑니를 뽑는

그 여학생.

담담한 표정의 그 여학생, 아니 의사는 내 주저의 근원을 모른다. 한 사람의 환자로 대하며, 수석 졸업의 깔끔한 솜씨로 내 사랑니를 뽑을 따름이다. 썩은 이를 보이기가 수치스러운 고통이라 생각한 것 또한 나의 착각이리라. 짝사랑도 아니고 주저하는 사랑에 지나지 않았으나, 마지막 사랑니를 뽑고 나면 이제 그마저 끝이다.

병원을 나선 길거리에 눈발이 좀 더 거세졌었는지, 마취로 먹먹한 잇몸만큼이나 아무런 기억도 없다.

해설

'고비'를
산다는 것

최현식 (문학평론가 · 인하대 교수)

고운기 시인에게 '고비'를 산다는 것은 말뜻과 맥락에 따라 이중의 지평을 형성한다. 왜냐하면 어디서는 열사(熱砂)의 초원으로, 다른 어디서는 위기(危機), 곧 위험과 기회에 함께 던져진 막다른 시간으로 출연 중이기 때문이다. 물론 서로 다른 두 '고비'는 "지평선 360도"(『지평선 360도—고비에서 2』, 『어쩌다 침착하게 예쁜 한국어』, 2017)와 "눈이 안 닿는 삼백육십도"(『고비에서』, 『고비에서』, 2023)라는 하늘과 땅의 광활함을 특권적 가치로 공유 중이다. "게르의 지붕"은 "지상에 박힌 별 하나"(『지평선 360도』)와 "북두칠성이 지평선 가까이 내려와 앉았다"라는 두 대목이 이형동질(異形同質)의 표현인 까닭이 여기 있다.

이를 존중한다면, 두 시의 '360'은 "살아 있는 매의 다리"를 빌려 "사막을 한 번은 건너리라"(『어쩌다 침착하게 예쁜 한국어』)는 욕망의 매개체이자 가능성을 뜻하는 상징적 숫

자에 해당한다. 그렇지만 우리는 두 시에서 '사막'을 건너는 방법과 의미가 매우 상이하다는 사실 역시 각별히 기억해 두어야 한다. 그래야만 '360도'는 삶과 죽음, 시와 진리, 우주와 사막을 하나의 가족으로 결속시킴과 동시에 사막 '고비(戈壁)'와 삶의 '고비'가 밝게 들씌우는 '신기루', 곧 '헛것'이나 '맹목'을 분별하는 통찰의 지혜로 거듭날 수 있다.

아무려나 시인에게 6년 전의 '초원'과 '별'의 "360도"는 스님 '혜초'의 고난과 지혜('세상의 둥긂')를 상징했더랬다. '혜초'의 눈빛과 걸음은 시인이 매달리던 어떤 진리의 가늠자이자 그 앞에 놓인 '밤길의 행로'를 넘어서는 시적 "순간의 눈동자"의 다른 이름이기도 했다. 왜냐하면 나와 너, 그대와 시인의 가슴을 흔드는 "어쩌다 침착하게 예쁜 한국어"가 "한낮의 초원"에 "그림자 널 좁은 언덕"(『지평선 360도』)으로 놓여 있었기 때문이다.

그렇지만 지금·여기의 '360도'는 그 상황과 의미에서 매우 뜻밖의 방향과 자장을 구성하고 있다. "지평선에 붙어 북두칠성과 함께 아득"할 것을 기약하는 "석 달 치 목숨"(『고비에서』)의 생명선, 곧 '말(言)'과 '말(馬)'의 고삐를 틀어쥐느라 바쁘기 때문이다. 이유는 분명해서, 자아의 건강한 일상과 언어가 '암(癌)'의 발병 탓으로 인해 "재미없는 일정으로 설계된 채 버리지 못한 계절"(『가장 철 든 계절』)

로 돌변했기 때문이다. 시인은 이 황망한 사태를 갑작스레 개편된 '버스 노선'(『고비에서』)에 비김으로써 존재의 방향 상실과 미래의 불투명성을 당혹스럽게 드러냈다.

현재의 관점으로 보자면 암은 더 이상 죽음의 질병이 아니다. 그렇기는커녕 다양한 의료기술의 혁신적 발달로 인해 투병의 고통을 견디며 내일의 삶을 기약할 수 있는 만성질환에 가까워지고 있다. 물론 '암적 상황'과 '암적 존재'와 같은 부정적 언술은 그것이 육체적 질병을 넘어 언제라도 사회 전체를 향해 '죽음의 일격'을 가할 수 있는 '불길한 힘'으로 변함없이 횡행하고 있음을 투명하게 환기한다. 수차례의 암 투병을 견뎌냈던 수전 손택은 암에 드리워진 예의 사회적 편견과 집단적 폭력에 맞서기 위해 '은유로서의 질병'이라는 개념을 발명해 낸 바 있다. 그에 따르면 누구나 걸릴 법한 사회적 질병으로서의 암은 "처치하기 불가능한 약탈자나 악"에 대한 비유마저 훌쩍 넘어선다. 그가 빌린 빌헬름 라이히의 말처럼 "생명에너지의 위축, 희망의 포기에 따라붙는 질병", 곧 "감정상의 체념"을 내포하는 타나토스의 지평에 연동된다는 점에서 문제적이다.

문면을 툭툭 뚫고 고백되는 "석 달 치 목숨"(『고비에서』), "생존율 65%"(『고비에서』) 등의 단어는 암에 관련된 시인의 '고비'가 사회적 '악성'(惡性/惡聲)과는 다른 어느 곳에 있음을 암시한다. "65 아니면 35 어느 쪽"(「고비에서」)에서 삶에의 불안과 죽음에의 공포를 자연스럽게 떠올린다면, 그것은 수전 손택의 말대로 '정념의 억압', 곧 도저히 "피할 수 없는 숙명이라는 환상"을 자꾸만 전이, 확장시키는 '고비'에 가까이 서 있음을 짐작케 한다.

실제로 시인은 특이하게도 자신의 암 투병에 대한 씁쓸한 고백과 그때 생겨나는 담담한 상념을 어떤 부제나 숫자도 달지 않은 총 6편의 연작시 「고비에서」로 드러내고 있다. 이 행위는 암이 몰고 오는 여러 '고비'들에는 어떤 의미의 경중(輕重)도, 어떤 기대치의 높낮이도 따로 자리할 수 없음을 깨달은 자의 미학적 실천에 해당한다. 과연 시인은 병실에서 수술실로, 또다시 병실로의 넘나듦을 "언제 다시 누구에게 넘겨"(「인계(引繼)」)지는 지극히 무미건조한, 그래서 더더욱 눅눅한 '인계'라는 사물의 언어로 아득하게 표상하고 있다. 그렇지만 담담함과 서글픔에 함께 휩싸인 "내 몸"의 반복적인 '인계'는 시인을 빛과 어둠, 열기와 냉기 모두와 손잡게 하는 능동적인 '이중적 존재'로 밀어올리고 있다. 이 긍정적인 정황을 더욱 입체화하려면 존재의 '어둠'과 '냉기'가 어떤 과정을 거쳐 '빛'과 '열기'의 지평으로 전이되고 변신하는가를 각별히 주목해야 한다.

뜬금없이 나타난 너를 보고 어리둥절하다

눈을 뜨니 이불을 덮지 않고 있다

몸이 춥다

그래서 꿈마저 추웠을까

맞장구치다 가볍게 몸을 털고

구름 한 쪽이 흘러간 저쪽은 어디쯤인지

—「추운 꿈」부분

　‘추운 꿈’은 아픈 몸과 결핍된 영혼에 스며든 ‘어둠’과 ‘냉기’를 상징한다. 그런 의미에서 ‘너’는 그동안 그리움과 친밀감의 대상이었지만, 암 투병 중인 지금은 "피할 수 없는 숙명"을 환기하는 현실 저편의 존재로 이해된다. 그런 까닭에 「추운 꿈」의 마지막 연은 "약속하던 날보다 약속한 날이 더 가까운/ 그래서 설레다가 고개 젓는" 아이러니한 태도로 막음될 수밖에 없는 것이다. 더욱 아연실색할 사실은 ‘나’가 "어떤 블랙리스트", 바꿔 말해 "제 나라 정보부"로부터 완벽히 잊히거나 지워진 비극적 상황에 내몰려 있다는 것이다. 이런 연유로 ‘추운 꿈’은 일회적 체험을 넘어 나날의 일상으로 ‘나’를 옥죄고 위축시킬 수밖에 없게 된다. 거기서 터져 나오는 단말마적 비명, 아니 최후의 희원이 "바라건대, 누가 내

게도 명령을 내려다오"(이상 「어떤 비선(祕線)」)인 것은 그래서
더욱 자연스럽다.

> 1) 아주 잠잠한 날도
>   병원 뒤쪽 언덕의 숲속 바위 턱에 가만 앉아 있으면
>   바람이 나뭇잎 살랑이더군
>   겨우 알아챌 만큼 실처럼 불어오더군
>
>   내 더운 몸 식히러 우주가 움직이는 낌새
>
>   ───「고비에서」 부분

> 2) 하오의 빈 운동장
>   스탠드에 앉아 동남쪽 하늘의
>   구름이다
>   나는
>   해가 지는 서쪽이다
>
>   철봉에 매달려 땀 흘리던 소년은 제 시간을 다 썼다
>
>   ───「고비에서」 부분

암에 식민화된 몸을 조여 오는 '감정상의 체념'은 수
전 손택의 말대로 모든 복잡한 것을 단순화시키는 자극

을 더욱 강화하는 위험요인에 해당된다. 그럼에 따라 질병의 자아를 전적인 치유나 일방적 파괴만을 되뇌는 광신과 독선의 장으로 내몰게 된다. 이런 탓에 "내 더운 몸"을 식히는 '우주의 낌새'와 "제 시간"을 다 써버린 "땀 흘리던 소년"의 모습은 결코 예사롭지 않다. 그것들은 육체와 영혼이 가뭇없이 사라질 것이라는 독선적 판단이 현재를 넘어 과거와 미래의 존재로까지 마구 퍼지고 있음을 표상하는 '어둠'과 '냉기'의 전령으로 읽힌다. 스스로를 암에 가격된 희생양으로 맹신하는 태도는 저세상의 영혼과 친밀한 관계를 맺도록 강요한다. 이러한 위험천만한 정황은 자기의 파괴와 불신을 과잉 생산하는 치료제 없는 질병의 배양소가 된다는 점에서 온몸으로 거부하고 저항해야 할 부정적 세계가 아닐 수 없다.

드문 별을 만나

지구는 안녕하지 못하여 돌아올 곳이 못 되니

하늘 한쪽 조금 비추며 거기 살려나?

날은 저물어

서복은 산소 사러 가고 우리만 남았다

— 「서복(徐福)은 산소 사러 가고」 부분

서복의 생애는 삶의 열망 및 죽음의 회피에 함께 연루되었다는 점에서 양가적이다. 진시황의 영생불멸에 필요한 약초를 구하도록 이역만리에 보내졌지만 과제 달성에 실패했다는 것, 결국에는 귀환을 포기하고 진시황의 욕망을 자신만의 영원한 제국을 건설하는 빌미로 활용했다는 것이 그렇다. 요컨대 그는 죽음을 넘어서겠다는 절대 권력을 배반함과 동시에 본받음으로써 마침내 '죽음의 유곡'을 벗어나 '영생의 평원'에 안착했던 것이다. 이 이중적 서사에 기댄다면, "서복은 산소 사러 가고 우리만 남았다"는 구절은 우리의 삶이란 무슨 수를 쓸지라도 '죽음의 운명'에서 한 치도 벗어날 수 없다는 무소불위의 진리를 수용하는 태도로 읽힌다.

　사실대로 말해 '서복'이 산소 사러 갔다는 표현은 의도된 역설일 수밖에 없다. 그가 눈여겨봐 둔 '산소'는 죽음의 묘지가 아니라 영생의 복지(福地)였기 때문이다. 그러므로 "서복의 산소~" 운운은 자신이 죽음을 향한 존재, 그러니까 죽음에 내맡겨진 한계적 존재임을 아프게 자인하는 '소극적 니힐리즘'의 발화에 가까울 수밖에 없다. 문제는 '소극적 니힐리즘'이 어떤 고통과 슬픔에 대한 대처도 불가능하게 하며, 그럼으로써 세계의 무의미성만 곱씹는 '철저한 허무감'을 존재의 원리로 못 박게 한다는 사실이다. 허무감의 노예로 전락한 자아는 고드

스블롬의 날카로운 통찰처럼 "모든 것은 덧없고, 삶이란 아무런 목적도 없"다는 파멸적 존재론과 세계인식에 끊임없이 휘말릴 수밖에 없다.

허무와 파멸에 나포된 자아가 삶의 희망 또는 열병을 다시 지피기 위해서는 그 자신을 패배와 좌절의 나락으로 몰고 간 기존의 목표와 확신, 잘못된 가설과 가치 등과 서둘러 결별해야 한다. 이것은, 고드스블롬의 말을 다시 빌린다면, 자아에게 '새로운 존재 양식의 시계'를 확장·심화시킬 수 있는 '적극적 니힐리즘' 및 그것에 부응하는 '긍정적 행동'이 절실해질 수밖에 없음을 뜻한다.(이 글을 마치고서야 시인의 건넴 말 덕분에 '산소'가 '무덤' 아닌 기체 '산소(O_2)'임을 알아차렸다. 하지만 의도치 않은 오독(誤讀)이 있어 오히려 "'산소(墓)', 곧 '죽음'에서 '산소(酸素)', 곧 삶으로"라는 역설이 가능해졌다. 뜻밖의 행운을 조우한 격이다.)

다행스럽게도 시인은 일상의 생활원리에 값하는 '긍정적 행동'을 찾아낸 것으로 보인다. 자택 부근의 도시거리, 그 가운데서도 그것에 둘러싸인 '선릉'과 '동구릉' 등의 조선조 왕릉 지역을 산보(散步)하는 일이 그것이다. 물론 이것들에 대한 시인의 관심은 500년간 권력의 정점에서 군림했던 여러 제왕들의 서사나 끝내는 수성(守成)과 발전의 욕망을 무색게 하는 왕조의 멸망, 곧 일제 식민지로 추락한 치욕의 서사와 크게 연결되지 않는다. 오히려 시인은 그들도 죽음의 운명을 결코 벗어나지 못한 지극히 평범한 인간이었다는 것, 다만 그들의 드넓은 무덤이 우연찮게 도심 한가운데 놓이게 됨으로써 철근콘크리트 구조물에 질식 중인 현대인들에게 잠깐의 탁 트인 호흡을 하사하게(?) 된 아이러니한 사태에 눈길을 모을 줄 알았다. 특히 후자를 대표하는 표현이 주목되는데, "봄은/ 세월이 기술 걸기 어려운 계절"(『선릉(宣陵)』), "조선의 봄이 흘러간 건원릉 언저리/ 언덕 마루에서 잠시 숨 고"(『동구릉(東九陵)』)른다는 구절이 그것이다.

이때 "봄"과 "숨"에 대조되는 시어를 찾으라면, "세월이야 뭐든 허물어 버릴 기술"을 먼저 들어야 한다. 시인은 직진하는 "세월의 기술"에 들러붙은 '폭력성'보다 그것을 무력화시키는 "봄"과 "숨"의 부드러움에 먼저 손을 내미는 현명함을 지녔다. 이 행위는 '왕릉' 산보를 '제왕'과 '죽음'의 면면보다 '감정상의 체념'을 눌러 앉히는 서정적 통찰에 눈뜨게 한다는 점에서 매우 뜻깊다. 발터 벤야민의 명제를 빌린다면, 시인의 '왕릉' 산보는 "자신으로 하여금 구원을 가리키도록 하는 은밀한 지침"을 내장한 예외적인 '과거'를 발견함과 동시에 내면화하도록 이끈다. 이 "은밀한 지침"이 있어 시인은 암의 폭력적 은유와 존재 소멸의 허무감을 벗어나 망각되고 배제되었던 것을 다시 기억하고 의미화하는 심도 깊은 성찰의 문자와 불빛 환한 삶의 열기를 다시 회복함과 동시에 확장시켜 나가기 시작한다.

> 돌아온 마을의 지난밤 꿈에
> 군대 간다
> 나는 신검(身檢) 받으러 온 장정인데
> 선뜻 아버지가 나오고 어머니도 아직 젊고
> 그 애는 시집가기 전이라 하고
>
>
> ― 그럴 수만 있다면 꿈이 아니라도 얼마든 다시 군대
> 가겠다

― 「나의 밭」 부분

  엄밀히 말해 '산보'는 '지금·여기'의 산야와 도심 어딘가를 천천히 걷는 행위로만 지칭될 수 없는 행위이다. '도시산책'은 휘황찬란한 문명의 숲을 휘돎으로써 그것의 속도전에 빠져들게도 하지만, 동시에 본래의 '자연감정'으로부터 격리되고 추방된 소외의식에 몸 떨도록 유인하기도 한다. 이에 맞서자면 현대인에게는 상실감과 공포감을 안정시키며 반드시 도래해야 할 삶의 율동이 더욱 절실해질 수밖에 없다. 이 역할을 유쾌하고 풍요롭게 감당하는 '산보'가 있으니, 짧게는 유소년, 길게는 청

년 시절에 대한 회상 및 현재화의 활동이 그것이다. 이 기억과 회상 행위는 그 시절을 초역사적이며 지속적인 '자연감정'으로 채색하지는 못할지라도, 그 당시가 바람직한 '지나간 미래'였을 수도 있었다는 매혹적이어서 더욱 슬픔 깨달음을 낳는다. 끔찍한 도시의 모더니티에 맞서는 이 최초의 풍요로운 '시선'과 '이미지'는 일상현실의 습관화된 눈길과 태도를 반성의 대상으로 거리화한다는 점에서 매우 중요하다.

시인은 「나의 밭」을 필두로, 「벌교」 연작, 「세화(細花)」 등에서 적게는 춥고 많이는 따스했던 고향 '벌교'의 인정(人情)과 물색(物色), 그곳을 한시도 뜨지 않았거나 일찌감치 벗어난 이들(그것이 가족이든 이웃이든)의 삶의 습속과 성격 등을 『고비에서』 곳곳에 점묘해 두었다. 누군가는 시인의 내면심리가 뜨겁게 투영한 "그럴 수만 있다면"을 감상벽(感傷癖) 짙은 맹목적 회고의 감정으로 단정해버릴지도 모른다. 하지만 그 말 속에는,

1) 이른 새벽/ 눈길 걸어 동구(洞口)를 벗어난 자의 정체는/ 누구나 알았다 (「세화(細花)」)

2) 설렁한 마을은 아이들이 모일 일 없어져도 여러 달이 갔다 (「벌교 11」)

3) 철다리 아래 포구에서는 장도(獐島) 막배가 내일 아

   침/ 해 싣고 오마 통통 댄다 (「벌교 12」)

에서 보듯이, 타자들의 안녕과 행운을 비는 한편 고통과
불우가 감해지기를 기원하는 사랑과 배려, 연민과 동정
이라는 인간 보편의 휴머니즘과 윤리, 곧 '자연감정'이 농
밀하게 여울지고 있다. 우주와 자연, 인간과 사물 모두가
하나 됨을 꿈꾸는 시인에게 이 '자연감정'들은 시의 아름
다움과 의기(義氣), 더 나은 삶과 언어를 향해 때론 빠르게
때론 천천히 걸어갈 때 없어서는 안 될 '생명선'과 같은
것이었다. 그러므로 이를 감안하면 시와 삶의 선배이자
모범으로서 정지용과 윤동주, 정녕 안타까운 동년배로서
기형도(기형도 시인이 한 살 많다)에 대한 그리움과 애도의 헌정
은 지극히 낭연한 시적·윤리적 행위일 수밖에 없겠다.

    1) 마지막 잎새까지 떨어지면 옷을 갈아입고

       지용(芝溶)이 되어 카뻬 쁘란스에 나가

       "꾼 이브닝!"

       가볍게 인사하리라

                                    ─「퇴원」 부분

    2) 마감하며 빛나는 이의 노래를

끝내 부르지 못할

　스물아홉 살 윤동주나 기형도의 마지막을, 그러나 나

는 좋아해선 안 된다

—「한두 자 봄소식」 부분

　세 시인이 끔찍한 격동의 현대를 고통스럽게 통과하다가 천부(天賦)의 수명을 어느 순간 놓쳐버린 불우의 가객들임을 누구라서 부정할 수 있을까. 이들을 향한 진정한 '애도'는 무슨 사건과 폭력으로 짧아졌던 생애를 슬퍼하거나, '나'를 그들과 동일한 죽음의 지평에 미리 앉혀보는 일에 있지 않다. 그들의 삶과 시를 향해 더욱 가볍게 "굿 이브닝"이라는 인사를 전한 뒤, 다시 현실로 돌아와 "후미진 거리를 사랑하던 사람과/ 세상을 등진 사람"(「한두 자 봄소식」)들을 향해 시적 사랑과 연민을 건네는 것에 최고이자 최후의 '애도'가 존재한다.

　"퇴원"에 즈음한 "한두 자 봄소식"을 짧은 삶으로 인해 시를 중단해야 했던, 아니 중단당한 세 시인에게 가장 먼저 타전했다는 사실. 이것은 시 쓰기를 '생명의 전율'인 동시에 죽음을 대속(代贖)하는 미학적 쾌락이자 윤리로 삼겠다는 선언이자 약속이 아닐 수 없다. 시인 스스로는 시 쓰기에 비견될 만한 '배추 농사'를 한입거리 "알량한 텃밭"으로 몰아세웠다. 하지만 그래도 점점이

벌레 먹은, 때 이른 수확의 배추는 시인의 입맛을 만족시킴으로써 뜻밖의 깨달음을 밀어 올리기에 이른다. "가을처럼 하느님이 왔다"는 것, 시인은 그것을 일러 "종시(終始)"(「종시(終始)」)라고 명명했다. 이 말은 예상치 못했던 죽음에의 상념과 소멸에의 공포(「종(終)」)가 오히려 시인 자신을 시에의 열망과 문자로의 구원으로 밀어 넣고 있음(「시(始)」)을 뜻한다. 그러니 아래의 시에 보이는 "가을 햇볕에 봄꽃"이 피는 시절의 출현과 도래, 곧 다시없을 '일회적 사건'의 순간적 피어남이 심상치 않은 것이다.

> 시절이여,
> 가을 햇볕에 봄꽃이 핀다
> 한두 송이 겨우 붉은 빛 따라와 따순 바람에 붙들렸다
> 디리
>
> 다시 오지 않을 노래야 찾아 나서지 않을 테다
> 그대의 빈집에 소식 전하지 않을 테다
>
> 닻을 내린 낡은 배가
> 쉬어가자 마음 맞은 저녁의 등불을 내거는
> 여기는 옛 포구
>
> —「사리포」 부분

"가을 햇볕에 봄꽃"을 피우는 "옛 포구"에 정박한 "닻을 내린 낡은 배"를 '자연감정'을 상기하며 회복 중인 시인 스스로에 대한 은유로 일러보면 어떨까. 물론 "사리포" 풍경은 '산보'보다 훨씬 긴 '여행' 끝에 만난 적막하면서도 푸근한 '참된 장소'의 그것으로 읽어도 무방하다. 요컨대 그곳에서는 "다시 오지 않을 노래"를 찾아 나서지 않을 것이며 "그대의 빈집에 소식을 전하지 않을" 것이라는 다짐, 또 그곳을 "마음 맞는 저녁의 등불을 내거는" 풍요로운 장소로 바라보는 시선은, 에드워드 렐프의 명민한 통찰처럼, "사리포"가 무언가 의미 있는 것들로 가득 차 있어 특히 "인간의 자유와 실재성의 깊이"를 온몸으로 체현할 수 있는 '실존적 장소'임을 뜻한다. 바로 이러한 '실존성'과 그것이 부여하는 '자연감정' 때문에 숨을 고르며 "옛 포구"에서 쉬어가야만 하는 "낡은 배"를 힘겹게 투병 중인, 그러나 오히려 그래서 '가을 햇볕 아래의 봄꽃' 같은 시를 써내느라 바쁘고 즐거운 시인으로 치환하고 싶은 것이다.

그렇다면 시인은 모든 것이 평안하고 충만한 "사리포"를 현실의 고통과 삶의 한계를 벗어나게끔 이끄는 '영원성'의 본원적 장소로만 사유하거나 상상하고 있는 것인가. 그간의 삶과 시를 "마른 차선만 버짐처럼 남은 저 길"(『길 위의 길』)로 상정하여 충분한 휴식과 치유의 시간이 더욱 절실해진다면 "사리포"는 시인의 지친 몸과 마음을 정갈히 눕힐 수 있는 이상적인 '꿈의 장소'여도 괜찮겠다. 시인은 그러나 아래의 시들을 보건대 벤야민이 말했던 진정 가치로운 '자기 내부의 자연'을 분명하게 드러내줄 수 있는 삶과 시의 길을 또다시 호명하며 바쁘게 개척 중이다.

> 1) 고개가 나눠준 마을 사라지고
>   이제 우리는 다시 익혀야 할 지도 위에 있다
>   　　　　　　　　　　　　—「마을에서 나가는 길은 침묵」부분

> 2) 옛길은 새길에게 자리를 내주고 두렵지 않다
>   두렵다면 길이 아니다
>   　　　　　　　　　　　　—「길 위의 길」부분

　시인이 "병후 소식"으로 전한 첫 마디는 질병과 맞서 싸움으로써, 아니 그것과 담담히 동행하는 친구가 됨으로써 "제 목숨의 길이를 가늠해 볼 수 있"게 된 것은 물론 "지금이 생애의 어느 단계인지"(「병후(病後) 소식」)를 깨우치게 되었다는 사실이었다. 그랬기에 "다시 익혀야 할 지도"도 두렵지 않은 것이며, 몸에 익은 "옛길" 대신 낯설디낯선 "새길"을 향해 삶과 시의 행보를 다시 꾸려도 불편

하지 않은 것이다. 이 지점에서야말로 "중세의 가을"에 에라스무스가 "경애하는 벗"에게 썼던 편지 한 구절 "황금시대가 열릴 것을 내다보며/ 다만 얼마 동안이라도 젊어져 보았으면…"(『가장 철 든 계절』)은 앞으로 성취될 시적 삶에 대한 가장 갈급하며 진정한 호소로 미쁘게 자리한다. "침묵은 오래가지 않을 것이다"(『마을에서 나가는 길은 침묵』)로 발화된 또다시 새로운 '길'을 향한 의지와 욕망이 정녕 푸르디푸른 "한두 자 봄소식"(『한두 자 봄소식』)인 까닭이 여기 어딘가에 숨어 있다.

이런 의미에서 새 시집 『고비에서』를 여는 첫 시 읽기의 한 대목, 즉 '고비' 사막에서 펼쳐지는 "지평선"과 "북두칠성"의 조우에 붙였던 나의 해석은 수정되어 마땅하다. 비평가는 시인의 표면적 지시를 따라 그것의 의미를 "석 달 치 목숨"(『고비에서』)을 담보해주는 절실한 생명선의 상징적 발현 정도로 읽었다. 하지만 시인은 분명하게도 그 '360도'의 광활하고 무변한 세계로의 '길 찾기'와 '지도 그리기'를 "지평선에 붙어 북두칠성과 함께 아득하자"라고 일렀다. 그러면서 그 출발점을 "말을 깨워라/ 새벽이다"(『고비에서』)에 두었다. 말 그대로 "석 달 치 목숨"에 허락된 생명선이라면 "새길"을 향해 "옛길", 곧 시인이 거머쥐었던 익숙하고 편리한 시와 삶의 자리를 내어주는 데 오히려 조심스럽고 심지어 인색해질 수도 있다.

．

그러니 "석 달 치 목숨"은 눈앞의 즉자적 생명선의 포로일 수 없으며 또 그래서도 안 된다.

이제야 말하건대, 시인이 "지평선"과 "북두칠성"의 "360도"에서 몽환처럼 진정으로 만난 것은 "용궁에 잡혀 가"거나 "귀신의 여관 아궁이에 불"을 때는 소외와 불우의 현실이 다시 몰아닥쳐도 결코 "지지 않고 살아날 꽃"의 상상적 개화, 아니 더욱 적극적으로 말해 존재적·미학적 투기(投企)의 실천 원리였다. 그러나 시인은 "시작은 꽃"이라 이름 붙인 '이후'의 시와 삶에의 열병, 아니 또 다른 '고비'로의 진입이 자신에게 무엇을 먼저 내밀지를 벌써 알고 있다. "시작하러 떠나는 길/ 우리는 무리로부터 떨어지는 법이다"(이상 「시작은 꽃」). 비평가는 이 대목을 '나'를 이끌고 보호할 줄 아는 어떤 "무리"에 막무가내로 섞여드는 것이 아니라, 더욱 홀로 됨으로써 누구에게도 빼앗기거나 소외되지 않는 "무리"가 될 것이라는 '예외적 고비'에 대한 의지와 욕망으로 읽는다.

2023년은 마침 고운기 형이 시인된 지 40년이 되는 해라고 한다. 그러니 우리는 때마침 출간되는 "일곱 번째 시집" 『고비에서』에 대해 다음과 같은 의미와 가치를 부여해도 괜찮겠다. 앞으로 시인이 '새벽의 말(馬/言)'을 달려 관통해갈 '예외적 고비'의 전선에 깊이 파여진 참호를 엿보는 척후병이자 매복된 병장기를 정확하게 파

악하는 전초병으로서의 역할과 위상이 그것이다. 이들은 어떤 지도에도 기록되지 않은 미지의 시와 삶의 전선으로 첫발을 떼며 "고비에서, 누구나 한 번쯤 행운을 소망한다"(『시인의 말』)라는 말을 낮고도 강한 목소리로 흘렸던가. "지지 않고 살아날 꽃"이여, 부디 시인의 절절한 "한 번쯤 행운"을 피워내고 지켜내는 지혜롭고 아름다운 주인으로 어서 오시라.

청색지시선 3

고비에서
고운기 시집

초판 1쇄 발행 2023년 6월 28일

지은이   고운기
펴낸곳   청색종이
펴낸이   김태형
인쇄   범선문화인쇄
등록   2015년 4월 23일 제374-2015-000043호
주소   서울시 영등포구 문래동2가 14-15
전화   010-4327-3810
팩스   02-6280-5813
이메일   bluepaperk@gmail.com
홈페이지   bluepaperk.com

ⓒ 고운기, 2023

ISBN 979-11-89176-90-7 03810

값 12,000원